Elke Oertgen

Erdberührung

Für Ernst

Elke Oertgen

Erdberührung

Gedichte

Gilles & Francke

CIP-Kurztitelaufnahme der Deutschen Bibliothek
Oertgen, Elke
Erdberührung: Gedichte/Elke Oertgen.–
Duisburg: Gilles & Francke, 1985.
ISBN 3-921104-89-0

ISBN 3-921104-89-0
Herstellung: H. Oppenberg KG, Duisburg

Erdberührung

Erdberührung

I

Daß ich das unter mir habe:
Erde.
Durch alle Steinplatten, noch
durch die Schichten aus Asphalt
spüre ich, wie sie mich trägt.
Sie antwortet meinen Füßen
bei jedem Schritt.
Wir führen Zwiesprach im Gehn.

Früher flog ich davon
in Vogelstunden, jetzt
wohne ich ebenerdig,
trage manchmal Erde am Schuh
und schlüge gern Wurzeln.

II

Die Zeit der Hymnen
ist lange vorbei.
Statt Wortsinfonien voll Erdenlob
Lamento über die verhunzte,
geschundene, vergiftete Erde.
Ich möchte klagen
über wachsende Wüsteneien,
Wälder in Agonien,
die verlorene Unschuld
aller Gewässer.
Auf den Kopf gestellte Natur,
als wäre der Fortschritt unsterblich.
Ich will diese Erde,
unsern kleinen Planeten
ins Recht gesetzt sehn
und wieder geachtet.

III

Erde, die mir sagt,
daß ich sterblich bin
und ganz und gar irdisch.
Staub von ihrem Staub.
Ich bin einverstanden
und weiß mich geliebt von ihr.

Gern wünschte ich fort,
was mich trennt von der Erde:
Steinplatten, Asphalt,
auch die Schuh
an den Füßen,
spürte Sand zwischen den Zehen,
die zärtliche
Erdberührung.

Alles ist Erde

I

Alles ist Erde. Der Liebe Alchimie.
Goldader im Gestein. Da blühen Nächte auf.
Da schauen Liebende der Liebe auf den Grund
und waschen Gold am zahmen Fluß.
Der Wolf gibt seine Beute frei
und naht sich der Gefährtin.
Da schlägt der Pfau sein Riesenrad.
Die Blüte springt aus vollem Kelch
und fiedert sich im Wind.
Vor Freude überschlägt sich fast
die Lerche, wenn sie steigt.

II

Zuweilen im Gewürz der Nacht
unwiderstehlich Erde.
Der Sommer wohnt in ernsten Bäumen
mit schwerem Laub, das seinem Herbst
entgegenstirbt.
Unwiederholbar Erde.
Und du der Erde liebstes Kind,
wenn du hinträumend fast vergehst
und die Oboe sich ausweint.

Unwiederholbar
bist du irdisch.

Gespräch über Bäume 1984

Es wird Zeit
für ein letztes Gespräch
mit meinem sterbenden Baum.
Wir haben Du zueinander gesagt.
In seinem steigenden Grün
lebte ich auf
von Mai zu Mai.
Im Winter sein kahles Geäst
vor meinem Fenster:
Kein zarteres Filigran spann sich je
zwischen dem Himmel und mir.
Ich hatte geglaubt,
er überlebt mich.

Das hat Brecht nicht geträumt,
daß ein Gespräch über Bäume
notwendig und kein
Verbrechen ist,
weil es so viele Untaten einschließt
und unsere Schuld
an ihrem Sterben
nicht verschweigt.

Die vier Elemente

Feuer

Das Feuer liebe ich
mit dem Schmerz um alle,
die starben
im Feuer.
Im Krieg sah ich
den Flammenschein über Hamburg,
und ich denke daran,
wenn ich zuschaue
mit Lust,
wie es reinbleibt
und sich züngelnd erneuert
am Grund.

Scheidekraft.
Wärme und Licht.
Splitter vom Sonnenball,
den wir bewahren sollen
gezähmt.
Prometheus' Geschenk.

Luzifer,
der schrecklich schöne
gefallene Engel,
hat einen leichten Schlaf
im Zündholz.

Wasser

Alles Leben
kommt aus dem Wasser,
sagt Thales von Milet,
und ich glaube ihm,
auch wenn kein Kind stürbe
in Afrika,
weil Wasser nicht ist.

Aber wenn Wasser krank wird?
Wenn Säuren und Salze
in giftigem Wetteifer
mir Wasser trüben?
Wer macht, daß die Fische
flußabwärts treiben,
die weißen Bäuche
zum Himmel gekehrt?

Welchem Wasser
darf ich trauen?
Dem See, wenn ich schwimmend
meine Kreise ziehe?
Wie unschuldig ist
auf dem Urlaubsfoto
der Wasserfall,
und der Regen,
der niedergeht heute nacht?
Auch die Meere sind endlich
und sterblich.
Der Gesang der Geister
über dem Wasser ist umzuschreiben.

Alles Leben
kommt aus dem Wasser,
sagt Thales von Milet,
und ich glaube ihm.

Luft

Luft, wieviel Herzschläge lang ohne dich
könnte ich leben!
Meine Angst zu ersticken,
wo du nicht bist
und hindurchgehst durch mich.
Luft, unsichtbar allgegenwärtig,
man nannte dich Pneuma, Geist,
Atem und Hauch.
Du wurdest mir eingeblasen,
als ich Lehmkloß war.
Anima.
Ich kann atmen, sprechen und
singen, die Flöte spielen durch dich.
Luft, klar und unvermengt
in Höhen, auch wenn du dünner wirst.
Wie ich dich liebe,
seit ich weiß,
was man dir antut!

Zyklon B in den Gaskammern
von Auschwitz,
und du brachtest Tod in die Lungen.
Das laste ich anderen an.
Nicht dir.

Nicht dir, was wir atmen
und schlucken müssen,
und was sich ablagert
in Fleisch und Blut und Bein,
bedrohlich unbekannt.
Du, Medium für vieles,
für Harzduft und giftiges Blei.

Wenn du fast sichtbar hängst
über der Stadt, dunstige Last,
Albtraum ohne bewegenden Wind,
und die Kranken nach dir flehen,
keuchend voller Beklemmung,
du Reine,
kommen die Zweifel
an deiner Unschuld.
Das laste ich anderen an.
Nicht dir.

Auch wenn sie Gesetze erlassen,
Anleitungen zum Schutz und zur
Reinerhaltung der Luft:
Wieviel brauchst du, um wieder zu sein,
was du warst! Pneuma, Geist,
Atem und Hauch.

Luft, zitternd und tanzend
in der Hitze des Mittags,
wenn du herwirbelst zu mir
im Schleiertanz
den Duft von warmem Holz
und Thymiankraut:

Nichts brauche ich zum Leben
mehr
als dich!

Erde

Zeitlebens sind wir Gäste
der Erde,
die uns nährt und trägt
und uns annimmt
im Tod, der großen Anverwandlung
an ihren Staub.
Wir hätten Grund,
sie zärtlich zu lieben
und das Gastrecht zu achten.
Wir haben nur
diese eine Erde.

Wir bohren ihr Löcher ins Fleisch,
rasieren von ihrer Haut
die Wälder,
und in die Wunden gießen wir
den alles erstickenden Asphalt.

Wir, Herren der Erde,
Räuber mit Wegwerflaunen,
plündern sie aus
über und unter Tag.
Schatzgräber ohne Maß.
Mag sie verenden am Gift,
zu Wasser, zu Lande
und in der Luft,
wie die Fische verenden
und Wasservögel
mit Öl im Gefieder.
Der Heilige Franz,
der ihre Sprache verstand,
nannte sie Brüder.

Der Erde
bleibt im Gedächtnis,
was wir ihr antun
und ihren Geschöpfen.

Nach uns
die Sintflut.

Planet Erde

Vielleicht
ein Stück Weltraum
hinter mir lassen
mit Siebenmeilenstiefeln
und Erinnerung
im Gepäck.
Vielleicht
auf dem neuen Planeten
weiterträumen
die Träume
vom alten.
Am fremden Himmel
den Stern suchen,
immer den einen,
hundert Namen erfinden
für den kleinen gequälten
geschundenen
Planeten Erde.

Neue Siedlung

Kein Kraut ist gewachsen
gegen Beton.
Zwischen mooslosen Fugen
führt der Sommer
ein Schattendasein.
Den Kindern
kappt man die Stimmen:
Wenn schon verkümmern,
dann lautlos.

Dolomiten, Frontabschnitt 1914–1918

In dieser Höhe, zweitausendvierhundert,
in Felsgängen
neben den Steilstürzen
wächst kein Gras
über die Geschichte.
Zwar die Toten sind weggeschafft,
Blut spülte der nächste Regen fort.
Unterstände schweigen sich aus.
Wäre nicht Rost,
Patronenhülsen und Stacheldrahtverhau
könnten von gestern sein.

Wer hat hier
warum gekämpft,
fragt mein Kind,
steigt mir davon,
hat meine Antwort
schon vergessen.
Großvaters Krieg.
Aber gegenüber
der Berg,
verletzte Majestät,
blutet noch heute
aus der zersprengten Flanke.

Im Rosengartenmassiv/Dolomiten
(Catinaccio)

Keine terra incognita:
Die Höhe der Türme
Vajolett,
der Felssturz, die Scharte
und auch der schlafende See
Antermoja
sind längst kartographisch erfaßt
und vermessen.
Ein roter Strich im Fels
zeigt, wo es langgeht
im Weglosen.

Wären nicht die kargen
Blütenpolster und die Schreie
der kreisenden Dohlen,
ich wäre verloren
in lebloser Wüste.

Wer hier hinaufsteigt,
ist flüchtiger Gast,
geduldet auf Zeit.
Kein Gipfel hat sich je
bezwungen gefühlt.

Hier ist Erde
niemandem untertan.
Ewigkeit
des dritten Schöpfungstages,
wo Himmel und Fels
sich selbst genügen.
Nichts ist ihnen entbehrlicher
als der Mensch.

Hügel, Heide, Fluß

Laßt diesen Hügel
unbebaut,
Wiesenhügel im Juni.
Mörikes Frühlingshügel,
wo er Wolke wandeln sah
und Fluß.

Laßt diesen Fluß
ungesalzen.
Ein Fischer saß daran,
sah nach dem Angel ruhevoll.
Dem Fischlein wars
so wohlig auf dem Grund.
Wie lange ist das her!

Laßt diese Heide
Heide sein
und nichts als Heide,
die Hütte strohgedeckt.
So sah es die Droste
aus Münsterland.

Mein Enkel stellt mir Fragen
übermorgen:
Was sind mir Hügel,
Heide, Fluß,
die nur
in Versen wohnen?

Frühling in der Hochprovence

Von provencalischen Sommern,
dem Sonneninferno,
weiß ich nur aus den Bildern
von Vincent.
Jetzt ist Sonne gelassen
und freundlich mit mir,
wenn sie den Winter
wegtaut aus meinen Gliedern.
Sieh, ich schüttle nördlichen Schlaf
von mir, ich rege mich schon,
lebe einfach und augenblickweis'
in der Luft aus Pastell.

Kalkstein bricht auf
unter Blütenpolstern,
und ich wünsche mir Maleraugen
für den heißspornigen Ginster
und den bröckelnden Mauerrest
im Gebüsch. Nature morte.

Auf dem Friedhof von Lourmarin
Albert Camus
unter dem hohen Hügel
aus Rosmarin,
und mein Wunsch,
einmal zu liegen,
um einzugehen
in einen blühenden Strauch.

Juni

Die Amseln läuten im Holunder.
Ein Taubenschwarm
zieht ernste Kreise,
und königlich verschwendet
der Sommer
das Grün.
Unter Lasten von Rosen
reift die Erinnerung:
Was war, was ist
ein Junitag.

Mitte des Sommers

Der Augenblick,
wenn ich leise erschrecke
über die Handvoll
Ewigkeit:
Das Land fließt über
von Sommerfülle.
Mit leichter Hand
mischt die Luft überm See
die Farben von Lilien und Rosen,
und der Wind,
der mich zärtlich streift,
streift auch das schattige Blattwerk
und die Früchte
voll feuchter Süße,
die dichter hängen denn je.
Diese Stunde:
nichts anderes zählt.

Jetzt

Dieser Augenblick
jetzt
zwischen zwei Atemzügen,
jetzt
Dauer von einem Herzschlag
zum nächsten,
und immer jetzt
sage ich und meine
gegenüber den Hang,
wo der Herbst sich zu Tode trinkt
im Goldrausch der Blätter.

Aber da hat mich
die Abendkühle
schon fest im Griff,
kriecht unter die Kleider.
Ich ziehe mich fröstend zurück
in die Zeit.

Gotisches Portal

Stein sagt sich los
von Stein.
Rosetten spinnen augenlos
das fromme Filigran.
Im Bogenfeld Geburt und Tod.
Stern und Kreuz.
Madonna bemäntelt
die Demut
gepanzerter Stifter.
Wir haben hier
keine bleibende Statt:
Tauben nisten
im Rücken der Heiligen.

Murmelspiel

das kind das singt das murmellied
sonne murmel sand.
die murmel tanzt die sonne blüht
sonne sand und kind.
die sonne singt das kinderlied
tanz sonne tanz
zum sonnenlied das kind das springt
sonne sonne sand.

murmel holt die sonne heim
sonne rollt im sand
der sand der lullt die murmel ein
murmel murmel sand
das kind das murmelt
mittagsmüd
im sand
das kind
schläft ein.

Friedliche Landnahme

Friedliche Landnahme

Gedichte möchte ich schreiben,
die einen Spalt breit
die Tür öffnen.

Aufstoßen müßt ihr sie selbst.
Geht hinaus.
Friedlich
sei eure Landnahme.
Ihr schenkt euch
den reinsten Wein ein
und probt
den aufrechten Gang.
Sucht den Punkt,
immer den einen.
an dem ihr die Welt
ganz sanft
aus den Angeln hebt.

Zu einem ungeschriebenen Gedicht

Nein, mein Gedicht soll nicht sein
euer Streicheltier.
Nicht Augentrost.
Nicht Ohrenweide.
Ich will euch keine
schönen Nebel zaubern,
in die ihr einsinkt
konturenlos.
Meine Hand
ist eine Schreibtischhand
ist kein Muschelgeheimnis
mit Innenleben.
Ich bin nicht verschwägert
mit dem Unsäglichen.
Rilkes Rosengrabspruch
ist von Meltau befallen.

Mein ungeschriebenes Gedicht,
mir immer voraus
und niemals einzuholen,
das klare, genaue,
das euch den Sand
aus den Augen reibt.
Euer Blick löst
die Nebel auf,
und am klargegliederten Horizont
erkennt ihr am Ende
euch selbst.

Das Wort
für Ludwig Verbeek

Am Anfang war das Wort.
Aber das Wort
ist sterblich.
Kein Weltentwurf stimmt,
wenn die Wörter verstimmt sind.
Gespannt auf das Streckbett
von Ideologien
gibt das Wort
seinen Geist auf.
Wortkadaver, Hülse,
synthetisch aufbereitet
zur Wiederverwendbarkeit.
Griffbereit
von der Hand in den Mund
Wegwerfwort,
Schablonenwort,
Instantsprache,
mit Wasser verdünnt
zum Aufguß Rede.

Merkt Ihr nicht, wie die Wörter
sich krümmen vor Schmerz?
Wie Sprache in uns verdorrt
und wir zusammen mit ihr?

Du nimmst das Wort,
das am Boden liegt,
durchgekaut und ausgespieen
wie Chewing Gum.
Du wäschst es rein,
aber behutsam.
Ich weiß, deine Griffe
wurden nicht hart
mit der Zeit.
Wenn du das Wort
begreifst,
regt es sich wieder
und lebt.
Wie es sich steigert
und beugt,
wenn es dich meint
und mich
und uns einfügt
ins Satzgeweb.

Du nimmst das Wort
so ernst
wie dich selbst,
nimmst das Wort
wieder
beim Wort.

Meine Muse

Sie kommt wie sie geht:
Ungerufen auf Zehenspitzen
tritt sie ins Zimmer
und hält mir
die Augen zu.

Kalliope! sage ich,
und sie lacht
und küßt mich
schwesterlich.
Klopfend prüft sie
mein Fingerspitzengefühl,
nickt und legt mir
ein Wort aufs Papier.
Schreib! sagt sie.
Machs wie die Auster!

Und ich umschließe das Wort
wie die Auster das Sandkorn,
und ich spüre die Muse
im Rücken.

Sie strickt einen seidenen Schal,
trinkt Schokolade
aus Täßchen mit Goldrand
und träumt von Apoll,
ihrem Chef,
der sie geführt hatte einst
hoch hinauf zum Parnaß
zusammen mit anderen Musen.

Irgendwann packt sie
ihr Strickzeug zusammen. Ihr Schal
ist gewachsen
wie mein Gedicht.
Sie schwingt sich aufs Fahrrad
und fährt mit wehender Mähne davon.

Manchmal ruf ich sie an,
warte mit einem Einfall auf.
Aber sie sagt: Heute nicht.
Ein anderes Mal.
Vielleicht.
Und legt auf.

Das kleine Luder, denk ich
und kaue verdrossen am Bleistift.

Wortspur

Mein Schreibtisch ist nüchtern genug.
Die Handvoll Kastanien besagt nichts:
Der Erinnerungswert vom letzten Herbst
schrumpft täglich. Auch kein modriger Apfelduft
aus der Lade, der Einfälle fördert.
Nur ein Stapel weißes Papier, der Stift
nachgiebig weich, Stärke zwei, Blutdruck
und Puls leidlich normal. Vor dem Fenster
das Wetter ganz sensationslos.
Nichts scheint entbehrlicher
als ein ungeschriebenes Gedicht.

Weiß ich, was mich zum Spürhund macht?
Warum beginne ich immer wieder
am Nullpunkt, stürze mich ungeschützt
in das Rudel der Wörter?
Ich, Fährtensucherin, im Labyrinth
aller denkbaren Sätze such ich den einen,
die einzig mögliche Wortspur. Ich setze
ihr nach, setz alles auf sie,
verschreib mich
mit Haut und mit Haar. Allen Hakenschlägen
zum Trotz bleib ich ihr treu,
spiel Kopf, spiel Herz,
bis ein Wort das andere gibt,
bis ein Vers dem nächsten
die Hand reicht
von Anfang bis Ende
so
und nicht anders.

Gesang vom Recht auf Schlaf für jedermann
oder
Joseph Haydns Finale der Abschiedssinfonie

Seinem Fürsten zu geigen,
daß der Schlaf auch des Geringsten
ein Schlaf des Gerechten sei,
wenn er zuvor sein Bestes gegeben,
schrieb Haydn seiner Sinfonie ein Finale,
dem er Abschiede einflocht.

Es fallen die Oboen, die Hörner in Schlaf,
die Bässe versinken in Schweigen,
und ihre Spieler
löschen die Lichter am Pult
nacheinander
und schleichen davon
auf leisen Schnallenschuhn,
die Augen voll Schlaf.
Die Arme möchten zur Nacht
die Liebste lieber halten
als Bratschen und Geigen.
Es bleiben zurück im Reigen
der Scheidenden
zwei Violinen con sordino,
versunken in zarten Einschlafgesang.

Und der das schrieb,
Haydn aus Burgenland,
schrieb es so schön,
daß der Fürst
– sein Name war Esterhazy –
die Meynung verstehn mußt.
Hatte doch keiner bisher
so vollkommen gesungen
vom Recht auf Schlaf
für jedermann.

Scheherezade

Scheherezade, schöne Freundin!
Den Geruch von Angst auf deiner Haut
hat der Sultan, vermute ich, nicht gespürt.
Nur Ambra, Sandel und Narde.
So war es Brauch bei euch.
Aus Angst und Liebe hast du
den Faden gesponnen aus dir.
Tausendundeinmal Märchenfäden
hast du zum Teppich geknüpft,
dem schönsten der Teppiche.

Auf ihm liege ich, suche
mit Aladins Wunderlampe
im purpurnen Rankenwerk
Aladin,
den Seefahrer Sindbad
und die anderen alle,
die ich rufe mit Namen.

Den Sultan zu lieben,
der deinen Tod hinausschob
Nacht für Nacht
tausendundeinmal
um nichts als deiner Märchen willen
und jenem Hauch von Narde;
dem Sultan Kinder zu gebären
fast nebenher;
den Sultan das Töten
vergessen zu machen,

Scheherezade,
große Schwester im Geschichtenerzählen:
diese Kraft kann ich mir nur erklären
durch Märchen wie deine.

Heute sind Männer wie dein Sultan
aus härterem Holz,
und unsre Geschichten
sind mit härterer Feder geschrieben.
Daß ein Despot
durch Märchen und Liebe
am Ende menschlicher würde:
Ein Schluß,
schön
wie im Märchen.

Für Friedrich Hölderlin I

Gern hätte ich, Hölder, dich gekannt,
hätte dir Gärten gezaubert wie jene
von Homburg oder Bordeaux,
und die sanften Höhen des Taunus
dem Olympos nähergerückt
Diotima und dir zulieb.

Gern wär ich, als Mannsbild verkleidet,
dir Freund gewesen neben Sinclair, dem Einzigen.
Wir hätten vom Roten getrunken,
doch niemals zuviel: Du
hättest mich freundlich gemahnt.
Denn gut ist es,
klar zu sein
und ernst
neben dir.

Mit allen heilignüchternen Wassern gewaschen
schau ich dir zu, wie du
die Verse spannst: Leicht und kräftig
gebaut die Brücke aus Wörtern,
die ich begehe
mit leisem Glücksgefühl.
Tief unter mir
liegt mein Jahrhundert
und deines.

Neckarhöhen ziehen vorüber,
hügelblau
das Herz erweckend,
wie Heimatgebirg
grüßt freundlich herein
Griechenland.
Wir gleiten hinab
auf erwachenden Strömen,
die Ebene klingt, Musik
allüberall,
Landschaft aus Worten,
Felsen steil himmelan,
Klüfte aus Wortgestein.
Etwas für Söhne der Alpen.
Mir schwindelt.

Sphärenklänge, fremd
und schwer verständlich Sterblichen,
hast du herübergespielt zu uns
auf der Saite,
die sprang.

Weitergegangen aber bist du,
Höhengewohnter,
über den Abgrund
aus Wahnsinn.
Nichts Einsameres als dein Sturz
in die andere
Hälfte des Lebens.
Die Mauern stehn sprachlos und kalt.

Ich hätte,
Hölder,
geweint um dich.

Für Friedrich Hölderlin II

An den Nachtgrenzen
dein Traum,
Unsteter,
als du kamst
vom Ufer der Garonne
und den Gärten von Bordeaux,
als dich heimsuchten
Verstörung und Winterangst.

Denn nicht geht einher
Zeitgeist jeglicher Art
mit freierer Republik,
wo gleich und brüderlich
einander begegnen
die Freiesten,
„zu sagen
des Herzens Meinung, zu hören viel
von Tagen der Lieb“
vor den Fenstern des Himmels.

Es wäre aber zu sagen viel
von Schiffbruch,
zersplitterter Hoffnung
und Träumen,
die käuflich wurden.

In meinem Land,
das deines gewesen,
wärest du heute so fremd
wie damals.
Nicht einzulösen
dein Freiheitstraum.
Denn allzu beschränkt
sind Sterbliche
gestern und heute.

Die Freiheit ist kleiner
und unscheinbar
und leicht zu verspielen
mit schäbiger Münze.
Zu krämerhaft erschiene dir das.

Es wachsen in uns
die Mauern
sprachlos und kalt.
Nicht wächst
das Rettende auch,
wo Gefahr ist.

Ich sehe dich heute,
Hölder,
im Anstaltsgarten,
harmloser Irrer, den Wintersonne
nur spärlich wärmt.
Man hat deiner Trauer
die Spitze genommen
mit hochdosierter Chemie.
Entmündigter, gebrochener Schatten.
Du murmelst Verse,
und niemand ist da,
der dir zuhört.

Für Friederike Brion

Der da geritten kam
geschwind zu Pferde,
der trug dein Herz
im Mantelsack,
Friederike.

Von Liebe hat er
viel geredet
und meinte
immer sich.
Sang sein Mailied
zwischen Willkommen
und Abschied.
Wie herrlich leuchtet
ihm
die Natur!

Und du,
ein bißchen angeliebt
und angesungen
sommerlang
und stehengelassen
im Tränenregen,
als der Sommer ging.
Du hattest ausgespielt
mit deinem freien Lachen,
dem Leinenkleidchen
und dem langen Zopf.

„Sie durfte in ihm
den Dichter wecken.
Aber sein Genius
trieb ihn weiter.
Er folgte
seiner Bestimmung!“
sagte damals mein Deutschlehrer.

Der arme Lenz,
goethegeschädigt wie du,
konnte dir auch nicht mehr helfen.
Nur wenig später
ging Lenz durchs Gebirg.

Wenn ich bedenke
dein langes karges Schattendasein
drüben im Badischen:
Mir scheint der Preis zu hoch
für eine Handvoll
guter Verse.

Friederike Brion (1752–1813), Jugendgeliebte Goethes,
Tochter des Pfarrers von Sesenheim/Niederelsaß

Schlaflied für Julia

Aus Federflaum die Liebe,
die uns zu Vögeln macht,
nicht Lerche und nicht Nachtigall,
wenn wir in Wolken schlafen
still und für alle Zeit,
nicht Julia du und ich
nicht Romeo.
Zu leicht
für einen Namen,
für diese Erde
zu leicht,
zu schwer
für einen Himmel,
für einen Himmel
noch zu schwer.

Schlaf kleiner Vogel du mein Vogel schlaf.

Und Capulet und Montague,
ihr Haß und ihre Kinder,
sind nichts als Bodensatz,
der Stoff für fremde Träume gibt,
für Tränen und Tragödien,
zu schwer
für Dich und mich.

Schlaf warmer Vogel du mein Vogel schlaf.

Für dich und mich
ein Haus aus Wind,
ein Lager für uns
im Frieden der Wolken.
Im Geleitzug der Vögel nach Süden,
im Sonnengeläut,
da halten wir leuchtende Hochzeit,
da singt uns ein Brautlied
Tybalt, der ernste Stern,
der Jäger von einst,
dessen Schatten uns streifte.

Schlaf weicher Vogel du mein Vogel schlaf.

Sieh, Liebste, unser Totensegel
zieht mit den Winden
weiß und leicht,
und leicht und weiß auch wir,
viel leichter als der Schlag
von Nachtigall und Lerche
und leichter als der Atem,
der unsre Namen haucht.

Schlaf liebster Vogel du mein Vogel schlaf.

Etwas Nutzloses …

Etwas Nutzloses tun,
arglos durch Blätter streifen,
mit leichtem Finger
nachzeichnen
die Linien
am Horizont.
Sich bei der Sonne bedanken
im November
für Sonne.

Vielleicht ein Wort
reinwaschen,
beflecktes Wort
in aller Mund.
Neu kleiden
das Wort
mit Silberseide,
ansiedeln
in fremder Umgebung.

Florenz, Piazza della SS. Annunziata

Ein Platz, wie er sein soll:
das Geviert der Arkaden
umschließt mich ganz, hier finden
Anfang und Ende zusammen
im Gleichtakt.

Andrea della Robbia,
der Kindernarr,
setzte dem Waisenhaus
Medaillons auf die Wand,
Wickelkinder weiß in Majolika,
und sie breiten die Ärmchen
zum Beweis ihrer Unschuld.

Hier wuchsen sie heran,
Findelkinder,
auf harten Stühlchen,
bei Waisensuppe
und frommem Regiment.
Und wenn sie spielten
im überschaubaren Geviert,
erfanden sie Eltern,
die hinter Arkaden wohnten
und richtige Namen trugen.
Mütter mit Einschlafküssen,
ein Vorrat für Jahre
im engen Geviert.

Narrensorgen im Winter

Mein Mantel arbeitet gegen mich
bei Nordost.
In Wind gestellt ist es schwer,
nicht wetterwendisch zu werden.
Auch mit dem Hut in der Hand
komm ich nicht weit
durch das Land.
Frost hat mich fest im Griff.
Wenn dem Witz
die Zähne gezogen sind,
fühlt sich keiner gebissen.
Wer kauft schon Narrenweisheit,
die in der Kälte steht,
wenn alle hinterm Ofen hocken
zufrieden und mit vollen Bäuchen?

Zwischenbilanz

Zwischenbilanz

Zwischen zwei Stühlen sitzt sie,
Närrin im fünfzigsten Jahr,
durch Schaden nicht klüger geworden.
Begrabene Wünsche begießt sie täglich,
sieht zu, wie Resignation
ins Kraut schießt
und Blüten treibt,
die sie
Hoffnung nennt.

Bußzeit

Der Regen hat davongespült,
was schön war:
Augentrost.
Das ‚dies irae' dröhnt,
die Allerseelenglocken läuten,
und alle Welt
will Buße tun.

Arm Seel ist nackt und friert,
will nicht in Sack und Asche gehn
und stürzt sich
in ein Rotweinglas.
Arm Seel will überwintern
mit einer Hirnschal voll
Melancholey.

Arm Seele schickt ein Vaterunser
nach dem andern
zum wildzerfetzten Ruysdael-Himmel
für alle, die in dieser Nacht
die Abschiedsbriefe schreiben
und von den Brücken springen.

Von Zeit zu Zeit …

Von Zeit zu Zeit
das magere Resümee gezogen,
vielleicht weil im Briefkasten
ein Umschlag lag
mit schwarzem Rand,
während mein Spiegel
mir ein paar Jahre weglügt.

Ich laß mich nicht täuschen:
Schon wieder ein Sommer vorüber
ohne Kontur
und ein Herbst
vor der Zeit.
Ich muß wohl geschlüpft sein
in Kleid und Schuh
jeden Morgen,
durch Tage geglitten
erinnerungslos,
wie durch ein fremdes Medium.
Und nachts
die wirren Träume
im Traum versenkt.

Melancholie dieser Jahreszeit:
Wenigstens die
ist mir sicher.

Novemberlandschaft

Meine Sinne melden: November.
Ein Hauch von Verbranntem
liegt in der Luft.
Die letzte Distel
vom Frost geschwärzt.
Unter Plastikplanen,
von Autoreifen beschwert,
überwintern die Rüben.

Am Horizont die Hochhaustürme:
Die Stadt zeigt die Zähne.
Ich möchte ausruhen
auf einem Stein,
Grauwackenstein
solide und alt.
Aber die Landschaft
ist aufgeräumt.
Steine
liegen hier nicht herum.

Märztag

Regenschirmtag. Ich hüpfe
über die Pfützen. Der fette,
nasse Sack Himmel fällt gleich
in die Fernsehantennen und platzt.
Im Stadtpark die Krokusse
bleiben unter Verschluß.
Der graue Belag über der Stadt:
gegen die fade Tristesse
ist kein Mozart gewachsen.
Zwar bringt, dem Himmel zum Trotz,
Karstadt den Frühling ins Haus
zu Frühlingspreisen.
Aber der Tag macht krank
durch die Abwesenheit
alles Schönen.

Ein Tag ohne besondere Vorkommnisse.

Letzter Sommer

Noch nie hat Sonne sich
so sehr verschwendet
für dich,
für mich,
für einen einzigen Tag.
Wir werfen Schatten auf die Erde,
und ich weiß, ich bin
noch nicht im Schattenreich.
Wir gehn zu zweit,
und meine Schritte
sind langsamer geworden
neben dir.
Und doch bist du es,
der zurückbleibt,
Lieber.
Der Mohn blüht heftiger denn je
in diesem Sommer,
diesem letzten.

Marmagen, Eifel

Dieser Sommer, der anfing
mit frischgeschlüpftem Buchenlaub.
Eifelmai.
Unsre Füße, wie leicht
nahmen sie Hügel um Hügel,
durchquerten das Dorf
mit dem dünnen Sonntagsgeläut.
Marcomagus, sagte ich.
Römische Siedlung
an der Heerstraße
zwischen Köln und Trier.
Ganz sachlich.
Als wäre das wichtig für uns,
dieses Dorf.

Dabei ließ ich schon
Lerchen steigen für dich,
schenkte dir Mörikes Frühlingshügel.
Nannte dich Liebster im stillen.
Hätte dir ungefragt
mehr als den kleinen
Finger gegeben.
Von Ausgrabungen sagte ich etwas
aus Angst,
daß mein Blick sich
in deinem verhakt.

Wenn wir uns lieben …

Wenn wir uns lieben
mit Herz und Kopf,
mit Haut und Haar
und Aug in Aug getaucht,
weiß ich:
Einmal liegen wir beieinander
klein still kalt,
und Erde mischt uns
ununterscheidbar
Erdstaub.

Glück

Solange ich meine Füße
unter eurem Tisch strecken darf,
ohne Etikette und wohlig
ganz einfach nur strecken
unterm kräftigen Fichtenholz,
während wir Birnen schälen,
Landwein trinken
und den heutigen Tag
am Abend loben,
solange bin ich glücklich
und aufgehoben
bei euch.

Sympathie: das Gewürz
dieses Abends.
Wir knüpfen Netze
aus Lächeln.
Mozarts Andante für Flöte
spiele ich euch
so silbern wie nie.
Die kleinen und großen
Feuerzauber in unseren Augen
verschwenden wir untereinander.

Nach morgen
fragt keiner.

Für Ernst

Ich möchte meine Schulter
an deine lehnen,
fraglos und einfach
nur ruhen
bei dir.
Dein Atem wiegt mich
auf und ab
wie Wellenschlag,
und ich weiß,
wenn ich stürze,
fängst du
mich auf.

Nachts

Wenn ich neben dir liege,
ins Wachsein verirrt
und Wächterin deines Schlafs,
weiß ich,
daß nichts verläßlicher ist
als das Auf und Ab
deiner Atemzüge,
ernstes, schönes Traumtier.
Die geöffnete Hand,
wie schlafwarm und arglos!
Ich geb dir den kleinen
Finger, aber du
nimmst dir
die ganze Hand,
machst mich zum Stoff
deines Traums.

Unsere Kinder

Du, unsere Kinder
wachsen uns über den Kopf,
decken uns zu
mit kräftigen Redensarten
und proben das Leben
im Handstand.

Eines radelt sommerlang
zur schwierigen Liebsten.
Die Beulen am Herzen
kühlen wir ihm
wie früher
zerschundene Kinderknie.

Das andere ist heute
Prinzessin und Blumenkind
und schwängert die Zimmerluft
mit indischem Zauberrauch.
Ist morgen Kumpanin und Kumpel
auf Glauben und Treu.

Die Kinderschuh zögernd beiseitegestellt,
suchen sie beide den Ausgang
barfuß
oder im Handstand.

In memoriam
Meinem Vater zum neunzigsten Geburtstag

So viele Fragen
sind ohne Antwort geblieben.
Ich lebte früher, als wärest du
für alle Zeit. Ich lief
aus deinem Schatten heraus,
dem dichten breiten Schattendach:
Sieh Vater, ich will
meine eigenen Schiffbrüche.
Deine Sorgen um mich
hab ich als Reisegepäck
auf die leichte Schulter gelegt.

Manchmal deine Nähe.
Ich wärmte mich an dir.
Verschämt verschwiegen blieb
das Übermaß an Liebe.
Maßvoll sollte ich sein,
immer maßvoll. Und du
warst ganz Vorbild. Noch im Zorn
warst du mäßig.
Gern hätte ich dich gesehen
herrlich flammend erzürnt
über mich.

Ich komme dir näher,
je länger du tot bist.
Die Jahre rücken uns zusammen.
Jetzt lese ich schon die Bücher,
die du geliebt hast,
Fontane und Stifter.
Schon reiche ich dir
bis zur Schulter.
Und wenn ich dir niemals
das Wasser reiche,
vielleicht reiche ich dir
lieber den Wein,
Saar oder Ruwer. Du legst
die Patience, die Harfe geht auf.
Wir trinken. Ich lese dir vor.
Du nennst mich beim Namen.
Das mögliche Zwiegespräch
mit zärtlichem Takt.

Sag mir nur eins:
bin ich sehr weit gefallen
von deinem Stamm?

Lebenswoche

Rosenmontag
Blätterdienstag
Distelmittwoch
Dornendonnerstag
Bitterfreitag
Frostsamstag
Totensonntag

Kinderfoto 1903

Meine Mutter, vierjährig
und eingesperrt in ein Kleid,
das zum Stillhalten zwingt,
den dümmlichen Stoffhund im Arm,
verweigert
das Lächeln.

Daß alles hinausläuft
auf einen großen Betrug,
nicht nur der Trick
mit dem Vögelchen:
das ging ihr
zum ersten Mal
durch den Kopf.

Früher Schrecken

Vor der weißgekachelten Wand
an Schlachterhaken hingen sie,
die Halbierten,
die Ware Kalb,
die Ware Schwein,
zur Schau gestellt
die Innenseite der Rippen.
Kopfunter hingen sie
gestreckt und riesengroß,
gehäutet und entherzt
und ausgeweidet,
und der Geruch von Tierangst
und Rohheit
erfüllte den Laden.

Hinter Glas und Chrom
die messerschwingende Schlachtersfrau,
fett vom Fett der Halbierten,
rief mitten in meinen Fluchtversuch:
Kind,
du vergißt
deine Blutwurst!

Meine Augen

Meine Augen,
die ungleichen Schwestern.
Daß sie von gleicher Farbe sind,
wundert mich oft.

Mein Weltauge,
mein scharfsichtiges,
verschließt sich vor nichts.
Noch im Schlaf, glaube ich,
hält es sich offen.
Mein Wächterauge,
Kundschafter zwischen draußen und mir.
Es zwingt mich, genau zu sein.
Wenn es erblindet:
ich wäre verloren
in der rechteckigen
kantigen Welt.

Das andere wechselt von Taubengrau
zum Grün der Waldseen.
Mein Spielauge, das mir die Welt verwischt
zu Bildern von Monet,
Lichtpunkte auffüllt
zu Riesensonnen.
Das mir die Einzelheiten
barmherzig erspart.
Manchmal träumt es sich fort
im Wachen, das sanfte,
ist bei den Waldseen
und bleibt doch bei mir
wie das Kind bei der Mutter.
Nie sucht es das Weite,
mein kindliches Auge,
und erlaubt mir den Rückzug.

Fernweh

Schneeschmelze.
Im Kopf die ungezähmten
regellosen Aufbruchwünsche.
Als wildes Tier traben
entlang den geschwollenen Bachläufen
und den Kropfweiden
in tintiger Dämmerung,
ich, rauhgefellt,
mit Unruhe in allen Hufen.

Dieses Tropfen von Dachrinnen,
auf allen Fenstersimsen das Pochen
im Takt, in der Luft
das uneingelöste Versprechen.
Weiß nicht wohin
unter dem föhnigen Himmel
mit Fernwehfieber,
das steigt und steigt.

Die Amseln sind schwärzer
als sonst. Ich sehe am Bahnsteig
den Zügen nach, Richtung Süden.
Santa Maria Novella, Florenz.
Beschwörung und Verzicht.
Melancholie,
die nach Rotwein verlangt.

Ich ziehe mich zurück, schon gezähmt,
hinter das Pflichtengitter.
Keine Angst, ich rüttle nicht
an den Stäben.
Mit fallendem Fieber werde ich
schon noch vernünftig.

Im Frost dieser Welt

Sag mir

Sag mir, wie könnte ich leben
mit Angst im Nacken,
die mir den Atem klemmt?
Jeden Tag eine neue Angst
will man uns aufbuckeln.
Wie könnte ich aufrecht gehen
unter so vielen Schichten,
die keiner abträgt?

Sag mir, wie kann ich frei sein
mit meinen Freunden, die ein-
und ausgehn bei mir? Wir brauchen
vertrautes, freies Gespräch wie Atemluft.
Wer sich in Angst begibt,
kommt darin um.

Sag mir, im Frost dieser Welt:
wie sollen meine Kinder leben
auf diesem Planeten, den wir
fortschrittlich aufgebraucht haben?
Ich habe jedem einen Baum gepflanzt
und Gedichte geschrieben mit Träumen
von Gegenwelt. Aber sag mir:
Ist das genug?

Jede Angst kuriert Ideologie
mit Gegenangst. So viel Dialektik
bin ich nicht mehr gewachsen.

Ich will der Angst keine Macht
über mich geben. Will nicht Wolf sein
und nicht das Schaf für die Wölfe.
Sag mir, was soll ich tun?

Terrorherrschaft
für amnesty international

Die Mitternachtsstunde:
Nie bist du verwundbarer
als jetzt,
schlafschwer und wehrlos.
Da schlagen sie gegen dein Türholz,
jagen durch dein Erwachen
die Schrecken,
das Eis durchs Blut
im Namen eines Volkes,
dem der Schlaf
einmal heilig war.

Soldatenfriedhof Maleme, Kreta

Wie still es ist!
Das Unisono der Zikaden fehlt.
Kein Autolärm dringt hier herauf.
Hoch oben im gedämpften Blau
beschreibt ein Flugzeug seine Bahn.
Kein Fallschirmspringer stürzt
in seinen Feuertod. Vom nahen Strand
dringt kein Gefechtslärm.
Kein knatterndes MG.
Wer hier stirbt,
stirbt in Frieden,
stirbt im Bett.

Nicht diese hier. Was suchten sie
in Kreta? Was Führer!
Für welches Volk und Vaterland?
Und komm ich nach Deutschland,
schreibe ich dort,
ich habe sie liegen gesehen,
wie es ein Wahnsinn befahl.

Die meisten gerade zwanzig,
manche jünger.
Das Leben gerade angelegt,
die milden Sommerabende
mit Juniduft Holunder.
Die Liebste gerade angeschaut
und nicht gesehen, wie sie wächst
und sich die strengen Zöpfe löst
allein für ihn.
Kein Kind, dem man die Welt erklärt.
Kein Freund fürs Leben.
Kein Haus auf lange Zeit bewohnt
und keinen Baum gepflanzt.

So viele namenlos für alle Zeit
im sauber abgezirkelten Geviert.
Ich habe kaum gemerkt,
daß ich geweint vor diesen da,
und hab mich meiner Tränen
nicht geschämt.

Zum Beispiel: Caesars Gallischer Krieg

In der Schule fürs Leben lernen.
Wie geht das, wenn wir,
die gerade noch davongekommenen Kinder,
sechs Jahre nach dem Krieg
viermal wöchentlich lesen
Kriegsberichterstattung
von der Gallischen Front?
Unser Kopf: Vokabelarsenal
aller Waffengattungen.
Legionen, Kohortenstärken.
Den Feind überlisten.
Das Lager stürmen.
Parcere subjectis
et debellare superbos.
Wir kannten uns aus
mit römischer Größe.

Hat Rom nichts anderes zu bieten?
habe ich einmal gefragt.
Ich dachte an Sanftes. Zum Beispiel
die Liebe.
Gedichte von Catull.
Zum Beispiel Campanische Landschaft im Frühling
und Menschen in ihr, Bauern,
Kinder und junge Frauen,
die den Krieg
so satt hatten
wie wir.

Ich wurde belehrt,
alles historisch zu sehn.
Nichts für Mädchen
der frivole Catull.
An Caesars Syntax
formale Logik üben.
Denken lernen.

Logisch denkend
zog ich den Schluß:
Nachdenken lernen,
zum Beispiel
über den mörderischen Unsinn
von Kriegen,
sah der Lehrplan
nicht vor.

Tagesschau

Früher wußte ich nur
von Zedern aus Libanon.
Heute detonieren die Bomben in Beirut
vor meinem Sessel
Abend für Abend.
Ich drehe den Ton fort.
Ich halte mich heraus.
Was auch umherfliegt, lautlos:
Schutt stürzt nicht
vor meine Füße.
Rauch steigt auf
nur bis zum Bildschirmrand.
Kein Steinwurf trifft mich.

Aber die Frau mit dem Kind
hat mich getroffen.
Wie sie hetzten
von einem Bildschirmrand
zum andern:
angststarr ihr Blick
auf mich
im Sessel.
Als hielte ich das Gewehr,
den Finger am Abzug.

Boatspeople

Tage außer der Zeit,
als ich lag
zwischen Sonne und Sand,
als die Wellen
mich trugen und wiegten.
Mittags Landwein und Fisch
und Schlaf zwischen kühlenden Laken.

Tage außer der Zeit,
als der Nachrichtensprecher
die Botschaft ans Ohr schwemmte
von mandeläugigen Kindern,
die ertranken
im Ostasiatischen Meer.

Prag

Streng gehalten als Magd
Mozarts Geliebte,
mit Narben
unter dem Kleid aus Barock.
Fassaden werfen den Stuck ab.
Zwar die Karlsbrücke
bleibt immer die Karlsbrücke,
und der Blick zum Hradschin
ist den Touristen
ein Foto wert.

Golden war damals
der Frühling,
als die Gärten
üppiger grünten
und der Himmel höher hing
über der Stadt.

Das Gold ist abgeblättert.
Die Freiheit überwintert
in fernen Zonen.
Die Magd ist gebeutelt
und leergeweint.
So viele verbrannte Kinder.
Jan Palach.
Jan Hus.

Unmögliche Wünsche

Meinem Kind
die Wünsche vererben:
Wünsch weiter als ich,
zäh
und mit Ungeduld
über alles hinaus.

Daß die Sprache
der Schuldlosen
die Sprache der Welt wird.
Daß Gewalt
nebelgrau
ins Vergessen sinkt
und Haß
verholzt und abstirbt.
Wünsch, daß die Früchte
reifen für alle
unter der Sonne.

Wünsch weiter als ich.
Wünsch das Unmögliche.

Die Bauern

Wenn Schach
ein königliches Spiel ist,
sollen es doch
die Könige ausfechten
mit ihren wendigen Damen.
Wir schicken Roß und Reiter zur Schlacht,
vornehme Springer,
Herren von Adel
mit Polstern von Ehrgeiz
im Nacken.
Läufer und Überläufer,
bis ein König
keinen Ausweg mehr weiß
und ermattet.

Nicht einen Bauern
wollen wir opfern.
Zu lange schon haben sie
den Kopf hingehalten
in vorderster Linie.
Haben sich umgebracht,
wie das Gesetz es befahl.

In unserem Spiel
ziehen sie nur den Kopf ein,
springen beiseite,
wenn ein Großer zur Schlacht stürmt.
Ihr Feld
ist kein Schlachtfeld,
sondern Roggen- und Rübenfeld,
und jeder bestellt das seine
friedlich
neben dem Nachbarn.

Abends sitzen unsere Bauern
schwarz und weiß beisammen,
trinken Bier und reden
von den Raten für den Trecker
und dem Wetter vor der Ernte.

Unsre Bauern weiß und schwarz
sind sich einig,
daß man Roggen,
daß man Rüben
nötig hat zu allen Zeiten,
und das Obst,
das duftet.

Schreiben gegen den Zustand der Welt

Dafür, daß ich hier lebe
frei,
mit kleinen Sorgen,
mit immer vollen Schüsseln
und mit Schlaf,
den kein Verfolger nachts
mit Schlägen gegen meine Tür zerbricht,
zahlt irgendwo
ein anderer
den Preis.

Zum Beispiel Juana
mit den sieben Kindern,
mit immer leeren Schüsseln
und der Angst im Nacken.

Jedes Unrecht sieht mich an.
Der Hunger in den Kinderbäuchen.
Die Lager, die Folterkammern fast
in jedem Land.
Ich weiß,
daß Schweigen schuldig macht.

Nie werde ich,
im Handeln unbegabt und schwach,
mit nichts versehn als Wörtern,
verhindern können,
daß der Mensch,
begabt zum Bruder
und zur Liebe,
des Menschen Wolf wird
immer wieder.

Der schwarze König Martin
und der Mahatma,
die auf den Menschen setzten,
fielen unter Wölfe.

Die Waffe Wort
ist stumpf geworden,
mißbraucht von Rattenfängern
im Namen vieler Götzen.

Jedes Unrecht
sieht Dich an.
Das Wort,
das sich nicht abwetzt: Nein.

Sag immer wieder: Nein.

Deutschland 1933–1983

In diesem Land,
dem unsren, dem euren, dem meinen,
können die Wunden
nicht heilen.
Die Schuld der Väter
tragen Kinder und Enkel nicht ab.
Wie unschuldig duften die Äpfel
in diesem Land,
und die Herbstfeuer,
in denen das welke Laub verbrennt,
nicht Bücher.
Nicht Menschenfleisch.

In diesem Land
schrieb Lessing ein Lehrstück
für Deutsche. Durch alle Feuer
ist Nathan gegangen.
Und ein Pfarrer von Wandsbeck
sang vom Mond und hat dabei
an meinen Schlaf gedacht
und an den kranken Nachbarn auch.

In diesem Land,
dem unsren, dem euren, dem meinen,
darf niemals aufgehn
die alte Drachensaat,
die das Gastrecht nicht achtet
und nicht den Schlaf und das Leben des Gastes,
der unser Nachbar ist,
aus welchem Land auch immer
er kommen mag.

Folgende Texte wurden aus dem inzwischen vergriffenen Band „Vogelstunden“ aufgenommen:

Alles ist Erde
Gotisches Portal
Murmelspiel
Schlaflied für Julia
Juni

INHALTSVERZEICHNIS

Von Elke Oertgen im Gilles & Francke Verlag erschienen:

Rutengänge
Gedichte und lyrische Prosa
mit Tuschzeichnungen von
Volkram Anton Scharf

Die Verse leben von einer ausgeprägten Beobachtungsgabe der kleinen Dinge dieser Welt und von sehr sorgsam gewählten Wörtern. Jede Zeile ist überlegt, und doch spürt man nichts von einer „Konstruktion“, die persönliche Aussage kommt nie zu kurz.

Elke Oertgen nutzt die Sprache zudem sehr bewußt aus. Immer wieder kommt das in ihren Gedichten zum Ausdruck, ein Beispiel sei hier genannt: „Drei Wünsche habe ich frei, und ich sage Sonne, Wörter und dich.“

Sie ist eine Autorin der leisen Lyrik.

Rheinische Post